DIS, POURQUOI LES ESPÈCES DISPARAISSENT ?

OLIVER ET DAVID WEST
TRADUCTION : ODILE KOENIG

DELACHAUX ET NIESTLÉ
jeunesse

Dépôt légal : avril 2022
ISBN : 978-2-603-02897-1
Mise en pages : Léa Larrieu
Responsable éditorial : Michel Larrieu
Édition : Jeanne Cochin
Fabrication : Virginie Leroux et Titouan Roland
Photogravure : IGS
Achevé d'imprimer en février 2022 sur les presses de Printer (Portugal)

Conforme à la loi n° 49-956 du 16 juillet 1949 sur les publications destinées à la jeunesse.

SOMMAIRE

LA VIE SUR TERRE

existe depuis des **MILLIARDS** d'années.

À mesure que notre **planète** change, la vie **ÉVOLUE.** Des espèces nouvelles apparaissent tandis que d'autres disparaissent.

Plus de 99 % de tous les organismes qui ont vécu sur Terre sont aujourd'hui ÉTEINTS (ils n'existent plus).

Au cours des **500 derniers millions d'années,** la vie sur **Terre** a connu cinq **EXTINCTIONS MASSIVES.**

Une EXTINCTION MASSIVE, c'est un événement au cours duquel une grande partie des espèces animales et végétales disparaissent sur une courte période de temps.

Il y a 66 millions d'années, L'EXTINCTION CRÉTACÉ-PALÉOGÈNE a fait disparaître tous les dinosaures.

L'ÊTRE HUMAIN MODERNE

(c'est-à-dire nous) a apporté de tels bouleversements à la planète qu'il est en train de provoquer une **SIXIÈME EXTINCTION MASSIVE.**

Les scientifiques l'appellent L'EXTINCTION DE L'HOLOCÈNE.

Nous, **les humains,** exploitons de plus en plus de terres pour vivre (construire nos **maisons,** cultiver nos **aliments** et voyager grâce aux **routes** et aux **voies ferrées**).

Plus **la population augmente,** plus nous détruisons des **HABITATS NATURELS** pour utiliser l'espace.

L'augmentation de la production alimentaire est l'une des principales raisons de la conversion des HABITATS NATURELS en terres agricoles.

LA DISPARITION DES HABITATS

est probablement la plus grande menace pour la biodiversité.

Les FORÊTS TROPICALES abritent au moins la moitié des espèces de la planète.

On défriche ces forêts dans le but de créer des pâturages pour l'élevage et les cultures.

LES HABITATS MARINS sont dévastés par des méthodes de pêche destructrices.

En traînant de lourds filets sur les fonds marins, la PÊCHE AU CHALUT détruit les habitats.

L'AQUACULTURE a de graves répercussions sur les habitats côtiers.

Au cours des dix dernières années, 10 % des MANGROVES ont été remplacées par des élevages de crevettes.

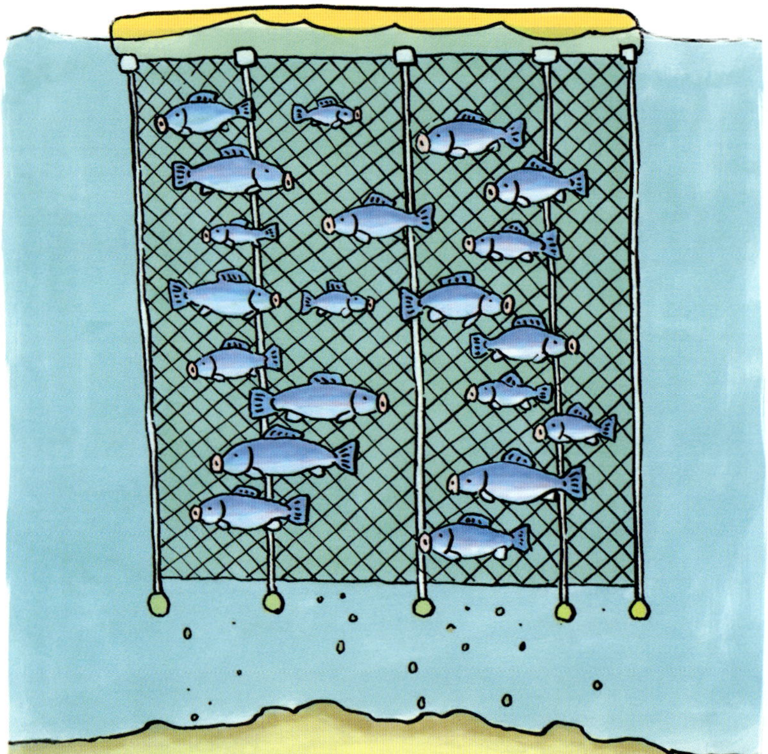

Les produits chimiques utilisés en aquaculture ont des effets néfastes sur l'ÉCOSYSTÈME environnant. L'accumulation de déjections et de résidus sous les enclos surpeuplés engendre POLLUTION et MALADIES.

LA SURPÊCHE de nos **OCÉANS** a entraîné un énorme déclin de **la biodiversité marine.**

La SURPÊCHE, c'est le fait de capturer trop de poissons à la fois. Cela empêche les poissons de se reproduire suffisamment pour renouveler leur nombre.
Près de 30 % des stocks de poissons pêchés à des fins commerciales sont surexploités.

LA PRISE ACCESSOIRE

(capture d'espèces marines autres que celles visées) est responsable de la mort de **milliards de poissons.**

La PRISE ACCESSOIRE tue également des centaines de milliers de tortues de mer, de baleines et de dauphins.

LES MINES, notamment **les grandes mines à ciel ouvert**, peuvent entraîner **LA DESTRUCTION DES HABITATS.**

La POLLUTION DE L'EAU due au DRAINAGE MINIER ACIDE peut intoxiquer les plantes et les poissons. Les eaux de surface de la mine se chargent en MÉTAUX LOURDS (plomb, cuivre, zinc...), puis se déversent dans les rivières et les lacs.

LES POLLUANTS, contenus dans **le ruissellement chimique** des fermes et des usines, tuent la faune et la flore des rivières, des lacs et des mers.

Les pluies entraînent les éléments chimiques contenus dans les ENGRAIS et les INSECTICIDES vers les rivières et les océans où ils provoquent une prolifération d'algues. Celles-ci absorbent l'oxygène de l'eau, créant des « ZONES MORTES » où rien ne peut vivre.

Les industries et les centrales électriques sont à l'origine de **PLUIES ACIDES** qui détruisent **les forêts** et **les habitats aquatiques.**

Les polluants issus de l'utilisation des combustibles fossiles, comme le DIOXYDE DE SOUFRE, créent des PLUIES ACIDES qui tuent les arbres et acidifient les eaux.

Certaines parties des océans deviennent acides, ce qui réduit la croissance des coquilles et des squelettes d'animaux tels que moules, huîtres et coraux.

Les grandes **MARÉES NOIRES** ont un effet immédiat sur la faune et la flore, tuant de nombreuses espèces.

La nappe de pétrole contamine le plancton, qui comprend des algues, des œufs de poissons et des larves de divers animaux. À cause de sa toxicité, le pétrole entraîne la mort de poissons et d'autres animaux consommateurs de plancton.

Les habitats tels que **LES LITTORAUX, LES VASIÈRES** et **LES MARAIS** restent **contaminés** longtemps après une marée noire.

Le pétrole s'infiltre profondément dans les plages de sable, les vasières et les marais salants. Cela entraîne des impacts à long terme sur la faune sauvage.

Les déchets, notamment **LE PLASTIQUE,** menacent la faune quand ils atteignent nos **océans.**

Les animaux marins ingèrent les plus gros morceaux de DÉCHETS PLASTIQUES, pensant qu'il s'agit de nourriture, ce qui finit par les tuer.

Le plastique a remplacé beaucoup de nos matériaux traditionnels, notamment dans **l'industrie de la pêche.**

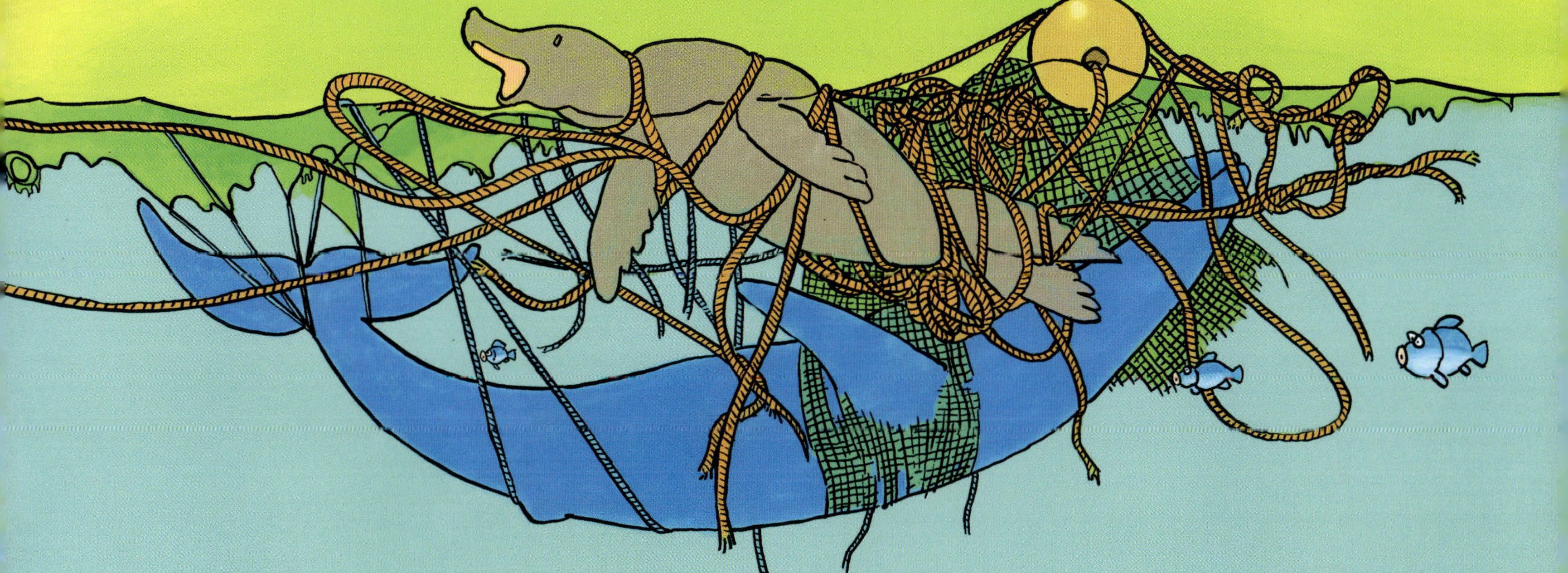

Les animaux tels que les dauphins, les phoques ou les oiseaux peuvent rester piégés dans les filets de pêche en PLASTIQUE perdus en mer, qu'on appelle FILETS FANTÔMES.

Même **LA POLLUTION LUMINEUSE ET SONORE** affecte notre faune sauvage.

En ville, les oiseaux s'abattent sur les vitres trompés par l'ÉCLAIRAGE ARTIFICIEL. La ville de Toronto, au Canada, sauve chaque année la vie de 9 millions d'oiseaux en éteignant l'éclairage de plusieurs de ses grands immeubles la nuit.

Le BRUIT DES MOTEURS DE BATEAUX et les DÉTONATIONS SONORES émises par les navires de prospection pétrolière peuvent blesser ou tuer les animaux marins. Cela concerne les baleines, les dauphins, les poissons et même les crustacés.

L'utilisation de **combustibles fossiles** dans les centrales électriques, l'industrie et les transports augmente la quantité de **GAZ À EFFET DE SERRE** dans notre atmosphère.

Les gaz à effet de serre gardent la chaleur sur Terre, comme les vitres d'une serre. En excès, ils entraînent une surchauffe de la planète.

Cela modifie **LE CLIMAT DE LA TERRE** très rapidement.

Les animaux et les plantes mettent des milliers d'années à évoluer. Lorsqu'un climat change soudainement, cela entraîne la mort de nombreuses espèces. C'est ce qui est arrivé aux dinosaures.

LE RÉCHAUFFEMENT CLIMATIQUE fait fondre les régions polaires, l'habitat principal des **ours blancs.**

Les zones de chasse des ours blancs disparaissent, les obligeant à nager sur des centaines de kilomètres pour se nourrir. Ils sont épuisés et meurent de faim !

Il génère aussi des sécheresses inhabituelles comme en **AUSTRALIE,** où il a provoqué de gigantesques **FEUX DE BROUSSE.**

En 2020, les feux de brousse ont détruit 186 000 kilomètres carrés d'habitats et tué plus d'un milliard d'animaux !

Nous (les humains) avons aussi des effets négatifs sur **les habitats** et **la faune sauvage** en introduisant des **ESPÈCES INVASIVES.**

Les ESPÈCES INVASIVES constituent une menace pour les animaux indigènes (qui étaient là avant) ayant le même régime alimentaire qu'eux.
En Floride (États-Unis), le python birman est une espèce invasive qui menace de nombreuses espèces indigènes, dont l'alligator.

Certaines plantes sont aussi considérées comme **espèces invasives** lorsqu'elles modifient le fonctionnement des **écosystèmes.**

En Afrique du Sud, le pâturage du bétail de ces 400 dernières années a permis à des arbustes et des petits arbres invasifs de remplacer une grande partie des prairies d'origine, ce qui a réduit l'offre d'une nourriture appropriée pour les girafes, gnous bleus, impalas, koudous et rhinocéros blancs indigènes.

Malgré le grand nombre **d'habitats disparus,** il y a **ENCORE DE L'ESPOIR.** Si nous protégions seulement **50 %** des **terres** et des **océans,** nos plantes et animaux pourraient y prospérer.

À l'heure actuelle, seuls 14,9 % des terres et 7,3 % des océans de la planète sont officiellement protégés, ce qui correspond à environ 161 000 réserves ou parcs naturels et 6 500 aires marines protégées.

GLOSSAIRE

AQUACULTURE Activité visant à produire en milieu aquatique des animaux ou des plantes destinés à l'alimentation.

COMBUSTIBLES FOSSILES Charbon, pétrole et gaz naturel.

CONTAMINER Mélanger avec un polluant ou rendre quelque chose toxique.

ESPÈCE INDIGÈNE Plante ou animal vivant dans une région donnée, sans qu'il y ait eu intervention humaine (opposée à une espèce invasive).

ÉCOSYSTÈME Dans un lieu donné, ensemble du milieu et des organismes qui y vivent, avec toutes les interactions entre ces organismes et leur environnement.

ÉVOLUER Changer peu à peu sur une longue période.

EXTINCTION MASSIVE Lorsqu'un grand nombre d'espèces disparaissent sur une courte période.

GAZ À EFFET DE SERRE Tout gaz présent dans l'atmosphère qui absorbe la chaleur et la renvoie à la surface de la Terre, comme le dioxyde de carbone, le méthane et la vapeur d'eau.

HABITAT Type particulier d'environnement considéré comme le milieu de vie d'un animal ou d'une plante.

MARÉE NOIRE Grande nappe de pétrole flottant sur la mer.

ORGANISME Toute forme de vie animale, végétale ou unicellulaire.

PLANCTON Ensemble de minuscules organismes qui vivent dans de grandes masses d'eau.

PLUIE ACIDE Eau de pluie chargée de gaz polluants rejetés notamment par des usines.

INDEX